CW01661021

«МАЛЫШ»

П. Бажов

СКАЗЫ

«МАЛЫШ»

СЕРЕ́БРЯНОЕ КОПЫ́ТЦЕ

Жил в на́шем householdзаво́де стари́к оди́н, по про́звищу Кокова́ня. Семьи́ у Кокова́ни не оста́лось, он и приду́мал взять в де́ти сиро́тку.

Спроси́л у сосе́дей, — не зна́ют ли кого́, а сосе́ди и говоря́т:

— Неда́вно на Гли́нке осироте́ла семья́ Григо́рия Потопа́ева. Ста́рших-то девчо́нок прика́зчик веле́л в ба́рскую рукоде́льню взять, а одну́ девчо́ночку по шесто́му го́ду нико́му не на́до. Вот ты и возьми́ её.

— Несподру́чно мне с девчо́нкой-то. Парни́шечко бы лу́чше. Обучи́л бы его́ своему́ де́лу, посо́бника бы ро́стить стал. А с девчо́нкой как? Чему́ я её учи́ть-то ста́ну?

Пото́м поду́мал-поду́мал и говори́т:

— Знава́л я Григо́рья да и жену́ его́ то́же. Оба́ весёлые да ло́вкие бы́ли. Е́сли девчо́ночка по роди́телям пойдёт, не тоскли́во с ней в избе́ бу́дет. Возьму́ её. То́лько пойдёт ли?

Сосе́ди объясня́ют:

— Плохо́е житьё у неё. Прика́зчик избу́ Григо́рьеву отда́л како́му-то горюну́ и веле́л за э́то сиро́тку корми́ть, пока́ не подрастёт. А у того́ своя́ семья́ бо́льше деся́тка. Са́ми не до́сыта едя́т. Вот хозя́йка и взъеда́ется на сиро́тку, попрека́ет её куско́м-то. Та хоть ма́ленькая, а понима́ет. Оби́дно ей. Как не пойдёт от тако́го житья́! Да и уговори́шь, поди́-ка.

— И то пра́вда, — отвеча́ет Кова́ня, — уговорю́ ка́к-нибудь.

В пра́здничный день и пришёл он к тем лю́дям, у кого́ сиро́тка жила́. Ви́дит, полна́ изба́ наро́ду, больши́х и ма́леньких. На го́лбчике[1], у пе́чки, девчо́ночка сиди́т, а ря́дом с ней ко́шка бу́рая. Девчо́ночка ма́ленькая, и ко́шка ма́ленькая и до того́ худа́я да обо́дранная, что ре́дко кто таку́ю

[1] Голбе́ц — подпо́лье.

в избу́ пу́стит. Девчо́ночка э́ту ко́шку гла́дит, а она́ до того́ зво́нко мурлы́чет, что по всей избе́ слы́шно.

Погляде́л Кокова́ня на девчо́ночку и спра́шивает:

— Э́то у вас Григо́рьева-то подарёнка?

Хозя́йка отвеча́ет:

— Она́ са́мая. Ма́ло одно́й-то, так ещё ко́шку дра́ную где́-то подобрала́. Отогна́ть не мо́жем. Всех мои́х ребя́т перецара́пала, да ещё корми́ её!

Кокова́ня и говори́т:

— Нела́сковые, ви́дно, твои́ ребя́та. У ней вон мурлы́чет.

Пото́м и спра́шивает у сиро́тки:

— Ну, как, подарёнушка, пойдёшь ко мне жить?

Девчóночка удивúлась:

— Ты, дéдо, как узнáл, что меня́ Дарёнкой зовýт?

— Да так, — отвечáет, — самó вы́шло. Не дýмал, не гадáл, нечáянно попáл.

— Ты хоть кто? — спрáшивает девчóночка.

— Я, — говорúт, — врóде охóтника. Лéтом пескú промывáю, зóлото добывáю, а зимóй по лесáм за козлóм бéгаю да всё увúдеть не могý.

— Застрéлишь егó?

— Нет, — отвечáет Коковáня. — Просты́х козлóв стреля́ю, а э́того не стáну. Мне посмотрéть охóта, в котóром мéсте он прáвой перéдней нóжкой тóпнет.

— Тебе́ на что э́то?

— А вот пойдёшь ко мне жить, так всё и расскажу́, — отве́тил Кова́ня.

Девчо́ночке любопы́тно ста́ло про козла́-то узна́ть. И то ви́дит — стари́к весёлый да ла́сковый. Она́ и говори́т:

— Пойду́. То́лько ты э́ту ко́шку Мурёнку то́же возьми́. Гляди́, кака́я хоро́шая.

— Про э́то, — отвеча́ет Кокова́ня, — что и говори́ть. Таку́ю зво́нкую ко́шку не взять — дурако́м оста́ться. Вме́сто балала́йки она́ у нас в избе́ бу́дет.

Хозя́йка слы́шит их разгово́р. Ра́да-радёхонька, что Кокова́ня сиро́тку к себе́ зовёт. Ста́ла скоре́й Даренкины пожи́тки собира́ть. Бойтся, как бы стари́к не передумал.

Ко́шка бу́дто то́же понима́ет весь разгово́р. Трётся у но́г-то да мурлы́чет:

— Пр-ра́вильно приду́мал. Пр-ра́вильно.

Вот и повёл Кокова́ня сиро́тку к себе́ жить. Сам большо́й да борода́тый, а она́ ма́хонькая и носи́шко пу́говкой. Иду́т по у́лице, и кошчо́нка обо́дранная за ни́ми попры́гивает.

Так и ста́ли жить вме́сте дед Кокова́ня, сиро́тка Дарёнка да ко́шка Мурёнка. Жи́ли-пожива́ли, добра́ мно́го не нажива́ли, а на житьё не пла́кались, и у вся́кого де́ло бы́ло.

Кокова́ня с утра́ на рабо́ту уходи́л. Дарёнка в избе́ прибира́ла, похлёбку да ка́шу вари́ла, а ко́шка Мурёнка на охо́ту ходи́ла — мыше́й лови́ла. К ве́черу соберу́тся, и ве́село им.

Стари́к был ма́стер ска́зки ска́зывать, Дарёнка люби́ла те ска́зки слу́шать, а ко́шка Мурёнка лежи́т да мурлы́чет:

— Пр-ра́вильно говори́т. Пр-ра́вильно.

То́лько по́сле вся́кой ска́зки Дарёнка напо́мнит:

— Де́до, про козла́-то скажи́. Како́й он?

Кокова́ня отгова́ривался сперва́, пото́м и рассказа́л:

— Тот козёл осо́бенный. У него́ на пра́вой пере́дней ноге́ серебряное копы́тце. В како́м ме́сте то́пнет э́тим копы́тцем — там и поя́вится дорого́й ка́мень. Раз то́пнет — оди́н ка́мень, два то́пнет — два ка́мня, а где но́жкой бить ста́нет — там гру́да дороги́х камне́й.

Сказа́л э́то, да и не рад стал. С той поры́ у Дарёнки то́лько и разгово́ру, что об э́том козле́.

— Де́до, а он большо́й?

Рассказа́л ей Кокова́ня, что ро́стом козёл не вы́ше стола́, но́жки то́ненькие, голо́вка лёгонькая.

А Дарёнка опя́ть спра́шивает:

— Де́до, а ро́жки у него́ есть?

— Ро́жки-то, — отвеча́ет, — у него́ отме́нные. У просты́х козло́в на две ве́точки, а у него́ на пять ве́ток.

— Де́до, а он кого́ ест?

— Никого́, — отвеча́ет, — не ест. Траво́й да листо́м ко́рмится. Ну, се́но то́же зимо́й в стожка́х подъеда́ет.

— Де́до, а шёрстка у него́ кака́я?

— Ле́том, — отвеча́ет, — бу́ренькая, как вот у Мурёнки на́шей, а зимо́й се́ренькая.

— Де́до, а он душно́й?

Кокова́ня да́же рассерди́лся:

— Како́й же душно́й! Э́то дома́шние козлы́ таки́е быва́ют, а лесно́й козёл, он ле́сом и па́хнет.

Стал о́сенью Кокова́ня в лес собира́ться. На́до бы́ло ему́ погляде́ть, в кото́рой стороне́ козло́в бо́льше пасётся. Дарёнка и дава́й проси́ться:

— Возьми́ меня́, де́до, с собо́й. Мо́жет, я хоть сдалека́ того́ ко́злика уви́жу.

Кова́ня и объясня́ет ей:

— Сдалека́-то его́ не разгляди́шь. У всех козло́в о́сенью ро́жки есть. Не разберёшь, ско́лько на них ве́ток. Зимо́й вот — де́ло друго́е. Просты́е козлы́ безро́гие хо́дят, а э́тот, Сере́бряное копы́тце, всегда́ с ро́жками, хоть ле́том, хоть зимо́й. Тогда́ его́ сдалека́ призна́ть мо́жно.

Э́тим и отговори́лся. Оста́лась Дарёнка до́ма, а Кокова́ня в лес ушёл.

Дней че́рез пять вороти́лся Кокова́ня домо́й, расска́зывает Дарёнке:

— Ны́не в Полдневско́й стороне́

мно́го козло́в пасётся. Туда́ и пойду́ зимо́й.

— А как же, — спра́шивает Дарёнка, — зимо́й-то в лесу́ ночева́ть ста́нешь?

— Там, — отвеча́ет, — у меня́ зи́мний балага́н у поко́сных ложко́в поста́влен. Хоро́ший балага́н, с очаго́м, с око́шечком. Хорошо́ там.

Дарёнка опя́ть спра́шивает:

— Сере́бряное копы́тце в той же стороне́ пасётся?

— Кто его́ зна́ет. Мо́жет, и он там.

Дарёнка тут и дава́й проси́ться:

— Возьми́ меня́, де́до, с собо́й. Я в балага́не сиде́ть бу́ду. Мо́жет, Сере́бряное копы́тце бли́зко подойдёт, — я и погляжу́.

Стари́к сперва́ рука́ми замаха́л:

— Что ты! Что ты! Ста́точное ли де́ло зимо́й по ле́су ма́ленькой девчо́нке ходи́ть! На лы́жах ведь на́до, а ты не уме́ешь. Угру́знешь в снегу́-то. Как я с тобо́й бу́ду? Замёрзнешь ещё!

То́лько Дарёнка ника́к не отстаёт:

— Возьми́, де́до! На лы́жах-то я мале́нько уме́ю.

Кова́ня отгова́ривал-отгова́ривал, пото́м и поду́мал про себя́:

«Своди́ть ра́зве? Раз побыва́ет, в друго́й не запро́сится».

Вот он и говори́т:

— Ла́дно, возьму́. То́лько, чур, в лесу́ не реве́ть и домо́й до вре́мени не проси́ться.

Как зима́ в по́лную си́лу вошла́,

ста́ли они́ в лес собира́ться. Уложи́л Кокова́ня на ручны́е са́нки сухаре́й два мешка́, припа́с охо́тничий и друго́е, что ему́ на́до. Дарёнка то́же узело́к себе́ навяза́ла. Лоскуто́чков взяла́ ку́кле пла́тье шить, ни́ток клубо́к, иго́лку да ещё верёвку.

«Нельзя́ ли, — ду́мает, — э́той верёвкой Сере́бряное копы́тце пой-ма́ть?»

Жаль Дарёнке ко́шку свою́ ос-тавля́ть, да что поде́лаешь. Гла́дит ко́шку-то на проща́нье, разгова́ри-вает с ней:

— Мы, Мурёнка, с де́дом в лес пойдём, а ты до́ма сиди́, мыше́й лови́. Как уви́дим Сере́бряное копы́тце, так и воро́тимся. Я тебе́ тогда́ всё расскажу́.

Ко́шка лука́во посма́тривает, а сама́ мурлы́чет:

— Пр-ра́вильно приду́мала. Пр-ра́вильно.

Пошли́ Кокова́ня с Дарёнкой. Все сосе́ди диву́ются:

— Из ума́ вы́жился стари́к! Таку́ю ма́ленькую девчо́нку в лес зимо́й повёл!

Как ста́ли Кокова́ня с Дарёнкой из заво́ду выходи́ть, слы́шат — собачо́нки что́-то си́льно забеспоко́ились. Тако́й лай да визг подня́ли, бу́дто зве́ря на у́лицах увида́ли. Огляну́лись, — а э́то Мурёнка середи́ной у́лицы бежи́т, от соба́к отбива́ется. Мурёнка к той поре́ попра́вилась. Больша́я да здоро́вая ста́ла. Собачо́нки к ней и подступи́ться не сме́ют.

Хоте́ла Дарёнка ко́шку пойма́ть да домо́й унести́, то́лько где́ тебе! Добежа́ла Мурёнка до ле́су, да и на сосну́. Пойди́ пойма́й!

Покрича́ла Дарёнка, не могла́ ко́шку примани́ть. Что де́лать? Пошли́ да́льше. Глядя́т — Мурёнка стороно́й бежи́т. Так и до балага́на добрала́сь.

Вот и ста́ло их в балага́не тро́е. Дарёнка хва́лится:

— Веселе́е та́к-то.

Кокова́ня подда́кивает:

— Изве́стно, веселе́е.

А ко́шка Мурёнка сверну́лась клубо́чком у пе́чки и зво́нко мурлы́чет:

— Пр-ра́вильно говори́шь. Пр-ра́вильно.

Козло́в в ту зи́му мно́го бы́ло.

Э́то просты́х-то. Кокова́ня ка́ждый день то одного́, то двух к балага́ну прита́скивал. Шку́рок у них накопи́лось, козли́ного мя́са насоли́ли — на ручны́х са́нках не увезти́. На́до бы в заво́д за ло́шадью сходи́ть, да как Дарёнку с ко́шкой в лесу́ оста́вить! А Дарёнка попривы́кла в лесу́-то. Сама́ говори́т старику́:

— Де́до, сходи́л бы ты в заво́д за ло́шадью. На́до ведь солони́ну домо́й перевезти́.

Кокова́ня да́же удиви́лся:

— Кака́я ты у меня́ разу́мница, Да́рья Григо́рьевна. Как больша́я рассуди́ла. То́лько забоишься, поди́, одна́-то.

— Чего́, — отвеча́ет, — боя́ться. Балага́н у нас кре́пкий, волка́м не добиться. И Мурёнка со мной. Не забоюсь. А ты поскорее ворочайся всё-таки!

Ушёл Кокованя. Осталась Дарёнка с Мурёнкой. Днём-то привычно было без Кокована сидеть, пока он козлов выслеживал... Как темнеть стало, запобаивалась. Только глядит — Мурёнка лежит спокойнёхонько. Дарёнка и повеселела. Села к окошечку, смотрит в сторону покосных ложков и видит — по лесу какой-то комочек катится. Как ближе подкатился, разглядела — это козёл бежит. Ножки тоненькие, головка лёгонькая, а на рожках по пяти веточек.

Выбежала Дарёнка поглядеть, а никого нет. Воротилась, да и говорит:

— Ви́дно, задрема́ла я. Мне и показа́лось.

Мурёнка мурлы́чет:

— Пр-ра́вильно говори́шь. Пр-ра́вильно.

Легла́ Дарёнка ря́дом с ко́шкой, да и усну́ла до утра́.

Друго́й день прошёл. Не вороти́лся Кокова́ня. Ску́чненько ста́ло Дарёнке, а не пла́чет. Гла́дит Мурёнку да пригова́ривает:

— Не скуча́й, Мурёнушка! За́втра де́до непреме́нно придёт.

Мурёнка свою́ пе́сенку поёт:

— Пр-ра́вильно говори́шь. Пр-ра́вильно.

Посиде́ла опя́ть Дарёнушка у око́шка, полюбова́лась на звёзды. Хоте́ла спать ложи́ться, вдруг по сте́нке топото́к прошёл. Испуга́лась Дарёнка, а топото́к по друго́й стене́, пото́м по той, где око́шечко, пото́м где две́рка, а там и све́рху запосту́кивало. Не гро́мко, бу́дто кто лёгонький да бы́стрый хо́дит. Дарёнка и ду́мает:

«Не козёл ли тот вчера́шний прибежа́л?»

И до того́ ей захоте́лось погляде́ть, что и страх не де́ржит. Отвори́ла две́рку, гляди́т, а козёл — тут, во́все бли́зко. Пра́вую пере́днюю но́жку подня́л — вот то́пнет, а на ней сере́бряное копы́тце блести́т, и ро́жки у козла́ о пяти́ ве́тках. Дарёнка не зна́ет, что ей де́лать, да и ма́нит его́ как дома́шнего:

— Ме́-ка! Ме́-ка!

Козёл на э́то как рассмея́лся. Поверну́лся и побежа́л.

Пришла́ Дарёнушка в балага́н, расска́зывает Мурёнке:

— Погляде́ла я на Сере́бряное копы́тце. И ро́жки ви́дела, и копы́тце ви́дела. Не ви́дела то́лько, как тот ко́злик но́жкой дороги́е ка́мни выбива́ет. Друго́й раз, ви́дно, пока́жет.

Мурёнка, знай, свою́ пе́сенку поёт:

— Пр-ра́вильно говори́шь. Пр-ра́вильно.

Тре́тий день прошёл, а всё Кова́ни нет. Во́все затума́нилась Дарёнка. Слёзки запока́пывали. Хоте́ла с Мурёнкой поговори́ть, а её не́ту. Тут во́все испуга́лась Дарёнушка, из балага́на вы́бежала ко́шку иска́ть.

Ночь ме́сячная, све́тлая, далеко́ ви́дно. Гляди́т Дарёнка — ко́шка бли́зко на поко́сном ложке́ сиди́т, а пе́ред ней козёл. Стои́т, но́жку подня́л, а на ней сере́бряное копы́тце блести́т.

Мурёнка голово́й пока́чивает, и козёл то́же. Бу́дто разгова́ривают. Пото́м ста́ли по поко́сным ложка́м бе́гать. Бежи́т-бежи́т козёл, остано́вится и дава́й копы́тцем бить. Мурёнка подбежи́т, козёл да́льше отско́чит и опя́ть копы́тцем бьёт. До́лго они́ та́к-то по поко́сным ложка́м бе́гали. Не ви́дно их ста́ло. Пото́м опя́ть к самому́ балага́ну вороти́лись.

Тут вспры́гнул козёл на кры́шу и дава́й по ней сере́бряным копы́тцем бить. Как и́скры, из-под но́жки-

то ка́мешки посы́пались. Кра́сные, голубы́е, зелёные, бирюзо́вые — вся́кие.

К э́той поре́ как раз Кокова́ня и верну́лся. Узна́ть своего́ балага́на не мо́жет. Весь он как во́рох дороги́х камне́й стал. Так и гори́т-перелива́ется ра́зными огня́ми. Наверху́ козёл стои́т — и всё бьёт да бьёт сере́бряным копы́тцем, а ка́мни сы́плются да сы́плются. Вдруг Мурёнка скок туда́ же. Вста́ла ря́дом с козло́м, гро́мко мяу́кнула, и ни Мурёнки, ни Сере́бряного копы́тца не ста́ло.

Кокова́ня сра́зу полша́пки камне́й нагрёб, да Дарёнка запроси́ла:

— Не тронь, де́до! За́втра днём ещё на э́то погляди́м.

Кокова́ня и послу́шался. То́лько к утру́-то снег большо́й вы́пал. Все ка́мни и засы́пало. Перегреба́ли пото́м сне́г-то, да ничего́ не нашли́. Ну, им и того́ хвати́ло, ско́лько Кокова́ня в ша́пку нагрёб.

Все бы хорошо́, да Мурёнки жа́лко. Бо́льше её так и не вида́ли, да и Сере́бряное копы́тце то́же не показа́лся. Поте́шил раз — и бу́дет.

А по тем поко́сным ложка́м, где козёл скака́л, лю́ди ка́мешки находи́ть ста́ли. Зелёненькие бо́льше. Хризоли́тами называ́ются. Вида́ли?

МЕ́ДНОЙ ГОРЫ́ ХОЗЯ́ЙКА

Пошли́ раз дво́е на́ших заводски́х траву́ смотре́ть. А поко́сы у них да́льние бы́ли. За Северу́шкой где́-то.

День пра́здничный был, и жа́рко — страсть. Пару́н[1] чи́стый. А о́ба в горе́ ро́били, на Гуме́шках[2] то есть. Малахи́т-руду́ добыва́ли, лазо́ревку то́-

[1] Пару́н — жа́ркий день по́сле дождя́.

[2] Гуме́шки — от стари́нного сло́ва «гуме́нце» — невысо́кий поло́гий холм.

же. Ну, когда́ и королёк[1] с витко́м попада́ли и там про́тча, что подойдёт.

Оди́н-то молодо́й па́рень был, нежена́тик, а уж в глаза́х зе́ленью отлива́ть ста́ло. Друго́й поста́рше. Э́тот и во́все изро́бленный[2]. В глаза́х зе́лено, и щёки бу́дто зе́ленью подёрнулись. И ка́шлял завсё тот челове́к.

В лесу́-то хорошо́. Пта́шки пою́т-ра́дуются, от земли́ воспаре́ние, дух лёгкий. Их, слы́шь-ко, и размори́ло. Дошли́ до Красного́рского рудника́. Там тогда́ желе́зну руду́ добыва́ли. Легли́, зна́чит, на́ши-то

[1] Королёк — самоpо́дная медь криста́ллами.

[2] Изро́биться — вы́биться из сил от непоси́льной рабо́ты.

на тра́вку под ряби́ной да сра́зу и усну́ли. То́лько вдруг молодо́й, — ро́вно его́ кто под бок толкну́л, — просну́лся. Гляди́т, а пе́ред ним на гру́дке руды́ у большо́го ка́мня же́нщина кака́я-то сиди́т. Спино́й к па́рню, а по косе́ вида́ть — де́вка. Коса́ сси́за-чёрная и не как у на́ших де́вок болта́ется, а ро́вно прили́пла к спине́. На конце́ ле́нты не то кра́сные, не то зелёные. Сквозь свете́ют и то́нко э́так позва́нивают, бу́дто листова́я медь. Диви́тся па́рень на косу́, а сам да́льше примеча́ет. Де́вка небольшо́го ро́сту, из себя́ ла́дная и уж тако́е круто́е колесо́ — на ме́сте не посиди́т. Вперёд накло́нится, ро́вно у себя́ под нога́ми и́щет,

то опя́ть наза́д отки́нется, на тот бок изогнётся, на друго́й. На́ ноги вско́чит, рука́ми зама́шет, пото́м опя́ть накло́нится. Одне́м сло́вом, арту́ть-де́вка[1]. Слыха́ть — лопо́чет что́-то, а по-како́вски — неизве́стно, и с кем говори́т — не ви́дно. То́лько смешко́м всё. Ве́село, ви́дно, ей.

Па́рень хоте́л бы́ло сло́во мо́лвить, вдруг его́ как по заты́лку сту́кнуло.

— Мать ты моя́, да ведь э́то сама́ Хозя́йка! Её одёжа-то. Как я сра́зу не приме́тил? Отвела́ глаза́ косо́й-то свое́й.

А одёжа и ве́рно така́я, что друго́й на све́те не найдёшь. Из шёлково-

---

[1] Арту́ть — ртуть. Арту́ть-де́вка — подви́жная, бы́страя.

го, слы́шь-ко, малахи́ту пла́тье. Сорт тако́й быва́ет. Ка́мень, а на глаз как шёлк, хоть руко́й погла́дить.

«Вот, — ду́мает па́рень, — беда́! Как бы то́лько но́ги унести́, пока́ не заме́тила». От старико́в он, вишь, слыха́л, что Хозя́йка э́та — малахи́тница-то — лю́бит над челове́ком мудрова́ть.

То́лько поду́мал та́к-то, она́ и огляну́лась. Ве́село на па́рня гляди́т, зу́бы ска́лит и говори́т шу́ткой:

— Ты что же, Степа́н Петро́вич, на де́вичью красу́ да́ром глаза́ пя́лишь? За погля́д-от ведь де́ньги беру́т. Иди́-ка побли́же. Поговори́м мале́нько.

Па́рень испужа́лся, коне́чно, а ви́ду не ока́зывает. Кре́пится. Хоть она́ и та́йна си́ла, а всё ж таки́ де́вка. Ну, а он па́рень — ему́, зна́чит, и сты́дно пе́ред де́вкой обробе́ть.

— Не́когда, — говори́т, — мне разгова́ривать. Без того́ проспа́ли, а траву́ смотре́ть пошли́.

Она́ посме́ивается, а пото́м и говори́т:

— Бу́дет тебе́ на́игрыш вести́. Иди́, говорю́, де́ло есть.

Ну, па́рень ви́дит — де́лать не́чего. Пошёл к ней, а она́ руко́й мая́чит, обойди́-де руду́-то с друго́й стороны́. Он обошёл и ви́дит — я́щерок тут несчи́сленно. И все, слы́шь-ко, ра́зные. Одни́, наприме́р, зелёные, други́е голубы́е, кото́рые в синь впада́ют, а то как гли́на ли́бо песо́к с золоты́ми кра́пинками. Одни́, как стекло́ ли́бо слюда́, блестя́т, а други́е, как трава́ поблёклая, а кото́рые опя́ть узо́рами изукра́шены.

Де́вка смеётся.

— Не расступи́, — говори́т, — моё во́йско, Степа́н Петро́вич. Ты вон како́й большо́й да тяжёлый, а они́ у меня́ ма́леньки. — А сама́ ладо́шками схло́пала, я́щерки и разбежа́лись, доро́гу да́ли.

Вот подошёл па́рень побли́же, останови́лся, а она́ опя́ть в ладо́шки схло́пала, да и говори́т, и всё сме́хом:

— Тепе́рь тебе́ ступи́ть не́куда. Разда́вишь мою́ слугу́ — беда́ бу́дет.

Он погляде́л по́д ноги, а там и земли́ незна́тко[1]. Все я́щерки-то сби́лись в одно́ ме́сто, — как

[1] Незна́тко — незаме́тно.

пол узо́рчатый под нога́ми стал. Гляди́т Степа́н — ба́тюшки, да ведь э́то руда́ ме́дная! Вся́ких сорто́в и хорошо́ отшлифо́вана. И слю́дка тут же, и обма́нка, и бле́ски вся́кие, ко́и на малахи́т похо́дят.

— Ну, тепе́рь призна́л меня́, Степа́нушко? — спра́шивает малахи́тница, а сама́ хохо́чет-залива́ется. Пото́м, ма́ло погодя́, и говори́т:

— Ты не пужа́йся. Худо́го тебе́ не сде́лаю.

Па́рню забе́дно[1] ста́ло, что де́вка над ним насмеха́ется да ещё слова́ таки́е говори́т. Си́льно он осерди́лся, закрича́л да́же:

— Кого́ мне боя́ться, ко́ли я в горе́ ро́блю!

[1] Забе́дно — оби́дно.

— Вот и ла́дно, — отвеча́ет малахи́тница. — Мне как раз тако́го и на́до, кото́рый никого́ не бои́тся. За́втра, как в го́ру спуска́ться, бу́дет тут ваш заводско́й прика́зчик, ты ему́ и скажи́ да, смотри́, не забу́дь сло́в-то:

«Хозя́йка, мол, Ме́дной горы́ зака́зывала тебе́, душно́му козлу́, что́бы ты с Красного́рского рудника́ убира́лся. Е́жели ещё бу́дешь э́ту мою́ желе́зную ша́пку лома́ть, так я тебе́ всю медь в Гуме́шках туда́ спущу́, что ника́к её не добы́ть».

Сказа́ла э́то и прищу́рилась:

— По́нял ли, Степа́нушко? В горе́, говори́шь, ро́бишь, никого́ не бои́шься? Вот и скажи́ прика́зчику, как я веле́ла, а тепе́рь иди́ да тому́, кото́рый с тобо́й, ничего́, смотри́, не говори́. Изро́бленный он челове́к, что его́ трево́жить да в э́то де́ло впу́тывать. И так вон лазо́ревке сказа́ла, чтоб она́ ему́ мале́нько пособи́ла.

И опя́ть похло́пала в ладо́шки, и все я́щерки разбежа́лись. Сама́ то́же на́ ноги вскочи́ла, прихвати́лась руко́й за ка́мень, подскочи́ла и то́же, как я́щерка, побежа́ла по ка́мню-то. Вме́сто рук-ног — ла́пы у её зелёные ста́ли, хвост вы́сунулся, по хребти́не до полови́ны чёрная поло́ска, а голова́ челове́чья. Забежа́ла на верши́ну, огляну́лась и говори́т:

— Не забу́дь, Степа́нушко, как я говори́ла. Веле́ла, мол, тебе́, —

душно́му козлу́, — с Красного́рки убира́ться. Сде́лаешь по-мо́ему, за́муж за тебя́ вы́йду!

Па́рень да́же сплю́нул вгоряча́х:

— Тьфу ты, по́гань кака́я! Чтоб я на я́щерке жени́лся.

А она́ ви́дит, как он плюётся, и хохо́чет.

— Ла́дно, — кричи́т, — пото́м поговори́м. Мо́жет, и наду́маешь?

И сейча́с же за го́рку, то́лько хвост зелёный мелькну́л.

Па́рень оста́лся оди́н. На руднике́ ти́хо. Слы́шно то́лько, как за гру́дкой руды́ друго́й-то похра́пывает. Разбуди́л его́. Сходи́ли на свои́ поко́сы, посмотре́ли траву́, к ве́черу домо́й вороти́лись, а у Степа́на одно́ на уме́: как ему́ быть? Сказа́ть прика́зчику таки́е слова́ — де́ло не ма́лое, а он ещё, — и ве́рно, — душно́й был — гниль кака́я-то в нутре́ у него́, ска́зывают, была́. Не сказа́ть — то́же бо́язно. Она́ ведь Хозя́йка. Каку́ю хошь руду́ мо́жет в обма́нку переки́нуть. Выполня́й тогда́ уро́ки-то. А ху́же того́, сты́дно пе́ред де́вкой хвастуно́м себя́ оказа́ть.

Ду́мал-ду́мал, насме́лился:

— Была́ не была́, сде́лаю, как она́ веле́ла.

На друго́й день поутру́, как у спусково́го бараба́на наро́д собра́лся, прика́зчик заводско́й подошёл. Все, коне́чно, ша́пки сня́ли, молча́т, а Степа́н подхо́дит и говори́т:

— Ви́дел я вечо́р Хозя́йку Ме́дной горы́, и зака́зывала она́ тебе́ сказа́ть. Вели́т она́ тебе́, душно́му козлу́, с Красного́рки убира́ться. Е́жели ты ей желе́зную ша́пку спо́ртишь, так она́ всю медь на Гуме́шках туда́ спу́стит, что никому́ не добы́ть.

У прика́зчика да́же усы́ затрясли́сь.

— Ты что́ это? Пья́ный, а́ли ума́ реши́лся? Кака́я хозя́йка? Кому́ ты таки́е слова́ говори́шь? Да я тебя́ в горе́ сгною́!

— Во́ля твоя́, — говори́т Степа́н, — а то́лько так мне ве́лено.

— Вы́пороть его́, — кричи́т прика́зчик, — да спусти́ть в го́ру и в забо́е прикова́ть! А что́бы не издо́х, дава́ть ему́ соба́чьей овся́нки и уро́ки спра́шивать без побла́жки. Чуть что — драть неща́дно!

Ну, коне́чно, вы́пороли па́рня и в го́ру. Надзира́тель рудни́шный, — то́же соба́ка не после́дняя, — отвёл ему́ забо́й — ху́же не́куда. И мо́кро тут, и руды́ до́брой нет, давно́ бы бро́сить на́до. Тут и прикова́ли Степа́на на дли́нную цепь, что́бы, зна́чит, рабо́тать мо́жно бы́ло. Изве́стно, како́е вре́мя бы́ло, — кре́пость[1]. Вся́ко га́лились над челове́ком. Надзира́тель ещё и говори́т:

— Прохлади́сь тут мале́нько. А уро́ку с тебя́ бу́дет чи́стым малахи́том сто́лько-то, — и назна́чил во́все несообра́зно.

Де́лать не́чего. Как отошёл надзира́тель, стал Степа́н каёлкой по-

[1] Кре́пость — крепостна́я пора́, крепостни́чество.

ма́хивать, а па́рень всё ж таки прово́рный был. Гляди́т — ла́дно ведь. Так малахи́т и сы́плется, ро́вно кто его́ рука́ми подбра́сывает. И вода́ куда́-то ушла́ из забо́я. Су́хо ста́ло.

«Вот, — ду́мает, — хорошо́-то. Вспо́мнила, ви́дно, о́бо мне Хозя́йка».

То́лько поду́мал, вдруг засия́ло. Гляди́т, а Хозя́йка тут, пе́ред ним.

— Молоде́ц, — говори́т, — Степа́н Петро́вич. Мо́жно че́сти приписа́ть. Не испужа́лся душно́го козла́. Хорошо́ ему́ сказа́л. Пойдём, ви́дно, моё прида́ное смотре́ть. Я то́же от своего́ сло́ва не отпо́рна.

А сама́ принахму́рилась, ро́вно ей э́то нехорошо́. Схло́пала в ладо́шки, я́щерки набежа́ли, со Степа́на цепь сня́ли, а Хозя́йка им распоря́док дала́:

— Уро́к тут налома́йте вдво́е. И что́бы наотбо́р малахи́т был, шёлкового со́рту. — Пото́м Степа́ну говори́т: — Ну, женишо́к, пойдём смотре́ть моё прида́ное.

И вот пошли́. Она́ впереди́, Степа́н за ней. Куда́ она́ идёт — всё ей откры́то. Как ко́мнаты больши́е под землёй ста́ли, а сте́ны у них ра́зные. То всё зелёные, то жёлтые с золоты́ми кра́пинками. На кото́рых опя́ть цветы́ ме́дные. Си́ние то́же есть, лазо́ревые. Одне́м сло́вом, изукра́шено, что и сказа́ть нельзя́. И пла́тье на ней — на Хозя́йке-то — меня́ется. То оно́ блести́т, бу́дто стекло́, то вдруг полиня́ет, а то алма́зной о́сыпью засверка́ет, ли́бо скрасна́ ме́дным ста́нет, пото́м опя́ть шёлком зелёным отлива́ет. Иду́т-иду́т, останови́лась она́.

— Да́льше, — говори́т, — на мно́гие вёрсты желтяки́ да серяки́ с кра́пинкой пойду́т. Что их смотре́ть? А э́то вот под са́мой Красного́ркой мы. Тут у меня́ по́сле Гуме́шек са́мое дорого́е ме́сто.

И ви́дит Степа́н огрома́дную ко́мнату, а в ней постеля́, столы́, табуре́точки — всё из королько́вой ме́ди. Сте́ны малахи́товые с алма́зом, а потоло́к тёмно-кра́сный под черне́тью, а на ём цветки́ медны́.

— Посиди́м, — говори́т, — тут, поговори́м.

Се́ли э́то они́ на табуре́точки, малахи́тница и спра́шивает:

— Вида́л моё прида́ное?

— Вида́л, — говори́т Степа́н.

— Ну, как тепе́рь насчёт жени́тьбы?

А Степа́н и не зна́ет, как отвеча́ть. У него́, слы́шь-ко, неве́ста была́. Хоро́шая де́вушка, сиро́тка одна́. Ну, коне́чно, про́тив малахи́тницы где же ей красото́й равня́ться! Просто́й челове́к, обыкнове́нный. Помя́лся-помя́лся Степа́н, да и говори́т:

— Прида́ное у тебя́ царя́м впо́ру, а я челове́к рабо́чий, просто́й.

— Ты, — говори́т, — друг любе́зный, не вихля́йся. Пря́мо говори́, берёшь меня́ за́муж а́ли нет? — И сама́ во́все принахму́рилась.

Ну, Степа́н и отве́тил напрямки́:

— Не могу́, потому́ друго́й обеща́лся.

Мо́лвил та́к-то и ду́мает: огнé-вается тепе́рь. А она́ вро́де обра́довалась.

— Молоде́ц, — говори́т, — Степа́нушко. За прика́зчика тебя́ похвали́ла, а за э́то вдво́е похвалю́. Не обза́рился ты на мои́ бога́тства, не променя́л свою́ На́стеньку на ка́менну де́вку. — А у па́рня, ве́рно, неве́сту-то На́стей зва́ли. — Вот, — говори́т, — тебе́ пода́рочек для твое́й неве́сты, — и подаёт большу́ю малахи́тову шкату́лку. А там, слы́шько, вся́кий же́нский прибо́р. Се́рьги, ко́льца и про́тча, что да́же не у вся́кой бога́той неве́сты быва́ет.

— Как же, — спра́шивает па́рень, — я с э́ким ме́стом наве́рх подыму́сь?

— Об э́том не печа́лься. Всё бу́дет устро́ено, и от прика́зчика тебя́ вы́зволю, и жить безбе́дно бу́дешь со свое́й молодо́й жено́й, то́лько вот тебе́ мой сказ — о́бо мне, чур, пото́м не вспомина́й. Э́то тре́тье тебе́ моё испыта́ние бу́дет. А тепе́рь дава́й поє́шь мале́нько.

Схло́пала опя́ть в ладо́шки, набежа́ли я́щерки — по́лон стол установи́ли. Накорми́ла она́ его́ ща́ми хоро́шими, пирого́м ры́бным, бара́ниной, ка́шей и про́тчим, что по ру́сскому обря́ду полага́ется. Пото́м и говори́т:

— Ну, проща́й, Степа́н Петро́вич,

смотри́ не вспомина́й о́бо мне. — А у само́й слёзы. Она́ э́то ру́ку подста́вила, а слёзы кап-ка́п и на руке́ зёрнышками застыва́ют. Полнёхонька горсть. — На́-ко вот, возьми́ на разжи́ву. Больши́е де́ньги за э́ти ка́мешки лю́ди даю́т. Бога́тый бу́дешь, — и подаёт ему́.

Ка́мешки холо́дные, а рука́, слы́шь-ко, горя́чая, как есть жива́я, и трясётся мале́нько.

Степа́н при́нял ка́мешки, поклони́лся ни́зко и спра́шивает:

— Куда́ мне итти́? — А сам то́же невесёлый стал. Она́ указа́ла персто́м, пе́ред ним и откры́лся ход, как што́льня, и светло́ в ней, как днём. Пошёл Степа́н по э́той што́льне, — опя́ть вся́ких земе́льных богáтств нагляде́лся и пришёл как раз к своемý забóю. Пришёл, штóльня и закры́лась, и всё стáло по-стáрому. Я́щерка прибежáла, цепь емý нá ногу прилáдила, а шкатýлка с подáрками вдруг мá-ленькая стáла, Степáн и спря́тал её за пáзуху. Вскóре надзирáтель рудни́чный подошёл. Посмея́ться лáдил, а ви́дит — у Степáна пове́рх урóка наворóчено, и малахи́т отбóр, сорт сóртом. «Что, — дýмает, — за штýка? Откýда э́то?» Поле́з в забóй, осмотре́л всё да и говори́т:

— В э́том-то забóе всяк сколь хошь наломáет. — И повёл Степáна в другóй забóй, а в э́тот своегó племя́нника постáвил.

На другóй день стал Степáн

рабо́тать, а малахи́т так и отлета́ет, да ещё королёк с витко́м попада́ть ста́ли, а у того́ — у племя́нника-то, — скажи́ на ми́лость, ничего́ до́брого нет, всё оба́льчик[1] да обма́нка идёт. Тут надзира́тель и сме́тил де́ло[2]. Побежа́л к прика́зчику. Так и так.

— Не ина́че, — говори́т, — Степа́н ду́шу нечи́стой си́ле про́дал.

Прика́зчик на э́то и говори́т:

— Э́то его́ де́ло, кому́ он ду́шу про́дал, а нам свою́ вы́году поиме́ть на́до. Пообеща́й ему́, что на во́лю вы́пустим, пуща́й то́лько малахи́товую глы́бу во сто пуд найдёт.

---

[1] Оба́льчик — пуста́я поро́да.

[2] Сме́тить де́ло — поня́ть, догада́ться.

Велéл всё ж таки прикáзчик расковáть Степáна и прикáз такóй дал — на Красногóрке рабóты прекратúть.

— Кто, — говорúт, — егó знáет? Мóжет, э́тот дурáк от умá тогдá говорúл. Да и рудá там с мéдью пошлá, тóлько чугунý пóрча.

Надзирáтель объявúл Степáну, что от егó трéбуется, а тот отвéтил:

— Кто от вóли откáжется? Бýду старáться, а найдý ли — э́то уж как счáстье моё подойдёт.

Вскóрости нашёл им Степáн глы́бу такýю. Вы́волокли её навéрх. Гордя́тся — вóт-де мы какúе, а Степáну вóли не дáли. О глы́бе написáли бáрину, тот и приéхал из са́мого, слы́шь-ко, Сам-Петербу́рху. Узна́л, как де́ло бы́ло, и зовёт к себе́ Степа́на.

— Вот что, — говори́т, — даю́ тебе́ своё дворя́нское сло́во отпусти́ть тебя́ на во́лю, ёжели ты мне найдёшь таки́е малахи́товые ка́мни, что́бы, зна́чит, из их вы́рубить столбы́ не ме́ньше пяти́ са́жен длино́й.

Степа́н отвеча́ет:

— Меня́ уж раз оплели́. Учёный я но́не. Сперва́ во́льную пиши́, пото́м стара́ться бу́ду, а что вы́йдет — уви́дим.

Ба́рин, коне́чно, закрича́л, нога́ми зато́пал, а Степа́н одно́ своё:

— Чуть бы́ло не забы́л — неве́сте мое́й то́же во́льную пропиши́, а то что э́то за поря́док — сам бу́ду во́льный, а жена́ в кре́пости.

Ба́рин ви́дит — па́рень не мя́гкий. Написа́л ему́ а́ктовую бума́гу.

— На, — говори́т, — то́лько стара́йся, смотри́.

А Степа́н всё своё:

— Э́то уж как сча́стье пойщет.

Нашёл, коне́чно, Степа́н. Что ему́, ко́ли он всё нутро́ горы́ вы́знал и сама́ Хозя́йка ему́ пособля́ла. Вы́рубили из этой малахи́тины столбы́, каки́е им на́до, вы́волокли наве́рх, и ба́рин их на прикла́д[1] в са́мую гла́вную це́ркву в Сам-Петербу́рхе отпра́вил. А глы́ба та, кото́рую Степа́н сперва́ нашёл, и

[1] Прикла́д — поже́ртвование, пода́рок, вклад (в це́рковь).

посейча́с в на́шем го́роду, говоря́т. Как ре́дкость её берегу́т.

С той поры́ Степа́н на во́лю вы́шел, а в Гуме́шках по́сле того́ всё бога́тство ро́вно пропа́ло. Мно́го-мно́го лазо́ревка идёт, а бо́льше обма́нка. О корольке́ с витко́м и слы́хом не слыха́ть ста́ло, и малахи́т ушёл, вода́ доли́ть[1] ста́ла. Так с той поры́ Гуме́шки на у́быль и пошли́, а пото́м их и во́все затопи́ло. Говори́ли, что э́то Хозя́йка огне́валась за столбы́-то, слы́шь-ко, что их в

[1] Доли́ть — одолева́ть.

це́ркву поста́вили. А ей э́то во́все ни к чему́.

Степа́н то́же сча́стья в жи́зни не поиме́л. Жени́лся он, семью́ завёл, дом обстро́ил, всё как сле́дует. Жить бы ро́вно да ра́доваться, а он невесёлый стал и здоро́вьем хезну́л[1]. Так на глаза́х и та́ял.

Хво́рый-то приду́мал дробовичо́к завести́ и на охо́ту пова́дился. И всё, слы́шь-ко, к Красного́рскому руднику́ хо́дит, а добы́чи домо́й не но́сит. В о́сенях ушёл та́к-то, да и с концо́м. Вот его́ нет, вот его́ нет... Куда́ дева́лся? Сби́ли, коне́чно, наро́д, дава́й иска́ть. А он, слы́шь-ко, на руднике́ у высо́кого ка́мня мёртвый лежи́т, ро́вно улыба́ется,

[1] Хезну́ть — слабе́ть.

и ружьйшечко у негó тут же в сторóнке валя́ется, не стрéлено из негó. Котóрые лю́ди пéрвые набежáли, скáзывали, что óколо покóйника я́щерку зелёную вйдели, да такýю большýю, какйх и вóвсе в нáших местáх не бывáло. Сидйт бýдто над покóйником, гóлову поднялá, а слёзы у ей так и кáплют. Как лю́ди блйже подбежáли — онá на кáмень, тóлько её и вйдели. А как покóйника домóй привезлй да обмывáть стáли — глядя́т: у негó однá рукá нáкрепко зажáта, и чуть вйдно из неё зёрнышки зелёненькие. Полнёхонька горсть. Тут одйн знáющий случйлся, поглядéл сбóку на зёрнышки и говорйт:

— Да ведь э́то мéдный изумрýд!

Ре́дкостный ка́мень, дорого́й. Це́лое бога́тство тебе́, Наста́сья, оста́лось. Отку́да то́лько у него́ э́ти ка́мешки?

Наста́сья — жена́-то его́ — объясня́ет, что никогда́ поко́йник ни про каки́е таки́е ка́мешки не гова́ривал. Шкату́лку вот подари́л ей, когда́ ещё женихо́м был. Большу́ю шкату́лку, малахи́тову. Мно́го в ей до́бренького, а таки́х ка́мешков не́ту. Не ви́дывала.

Ста́ли те ка́мешки из мёртвой Степа́новой руки́ достава́ть, а они́ и рассы́пались в пыль. Так и не дозна́лись в ту по́ру, отку́да они́ у Степа́на бы́ли. Копа́лись пото́м на Красного́рке. Ну, руда́ и руда́, бу́рая, с ме́дным бле́ском. Пото́м уж кто́-то вы́знал, что э́то у Степа́на слёзы Хозя́йки Ме́дной горы́ были. Не про́дал их, слы́шь-ко, никому́, та́йно от свои́х сохраня́л, с ни́ми и смерть при́нял. А?

Вот она́, зна́чит, кака́я Ме́дной горы́ Хозя́йка!

Худо́му с ней встре́титься — го́ре, и до́брому — ра́дости ма́ло.

СОДЕРЖА́НИЕ

УДК 372.3/.4
ББК 74.102
Б16

Серия «Читаем сами без мамы»
Издание развивающего обучения
Для дошкольного возраста

Павел Петрович Бажов

СКАЗЫ

Художник Ю. Николаев

Дизайн обложки Д. Агапонова
Редактор *М. Парнякова*. Художественный редактор *Н. Фёдорова*
Технический редактор *Е. Кудиярова*. Корректор *А. Ковалёва*
Компьютерная вёрстка *С. Мовчан*

Общероссийский классификатор продукции ОК-005-93, том 2; 953000 — книги, брошюры

Подписано в печать 30.11.2017. Формат 70x90/16
Печать офсетная. Бумага офсетная. Гарнитура Pragmatica
Усл. печ. л. 4,7. Тираж 5000 экз. Заказ №Э-2953.
Отпечатано в типографии ООО «Комбинат программных средств»
420044, РТ, г. Казань, пр. Ямашева, д.36Б.
ООО «Издательство АСТ». 129085, г. Москва, Звёздный бульвар, д. 21, строение 1, комната 39
Наш электронный адрес: malysh@ast.ru Home page: www.ast.ru
Мы в социальных сетях. Присоединяйтесь!
https://vk.com/AST_planetadetstva https://www.instagram.com/AST_planetadetstva
https://www.facebook.com/ASTplanetadetstva

«Баспа Аста» деген ООО 129085, г. Мәскеу, жұлдызды гүлзар, д. 21, 1 құрылым, 39 бөлме
Біздің электрондық мекенжайымыз: www.ast.ru E-mail: malysh@ast.ru

Қазақстан Республикасында дистрибьютор және өнім бойынша арыз-талаптарды қабылдаушының өкілі
«РДЦ-Алматы» ЖШС, Алматы қ., Домбровский көш., 3«а», литер Б, офис 1.
Тел.: 8(727) 251 59 89,90,91,92, факс: 8 (727) 251 58 12 вн. 107; E-mail: RDC-Almaty@eksmo.kz
Өнімнің жарамдылық мерзімі шектелмеген.

Өндірген мемлекет: Ресей Сертификация қарастырылған

Бажов, Павел Петрович.
Б16 **Сказы** / П. П. Бажов; худож. Ю. Николаев. — Москва : Издательство АСТ, 2018. — 62, [2] с.: ил. — (Читаем сами без мамы).
ISBN 978-5-17-105442-7.

В книгу «Сказы» вошли одни из самых известных произведений П. П. Бажова — «Серебряное копытце» и «Медной горы Хозяйка». Удивительный язык Урала, богатства гор и лесов, доброта и честность людей и, конечно же, волшебство — всё можно встретить на страницах этих сказок. А крупный шрифт и слова с ударениями помогут юным читателям самим прочитать всю книгу и проникнуться уральским духом.

Для дошкольного возраста.

УДК 37.3/.4
ББК 74.102

0+